Ce livre appartient à:

Augustin
Buttay

À Lili mon petit cœur.

À Marie dont j'admire le parcours.

Les émotions de Gaston

JE SUIS JALOUX

Aurélie Chien Chow Chine

hachette ENFANTS

Voici Gaston.
Une petite licorne comme toutes les autres,
ou presque...

Parfois, Gaston est content.
Parfois, il n'est pas content.
Parfois, il est triste.
Parfois, il est timide.
Parfois, il est jaloux.

Ce sont des émotions.

Et Gaston,
il ressent toutes sortes d'émotions.
Comme toi.

Mais Gaston a quelque chose de magique :
sa crinière.

Quand tout va bien, sa chevelure
prend les couleurs de l'arc-en-ciel.

Sinon, elle change de couleur
en fonction de ses émotions.

joyeux

jaloux

en colère

coupable

timide

apeuré

boudeur

triste

Comment se sent Gaston en ce moment ?

Très mal!

Ah, Gaston se sent très mal.
Il fait tout noir dans son cœur
et il va nous expliquer pourquoi.

Et toi, comment te sens-tu aujourd'hui ?

très bien

bien

assez bien

pas très bien

mal

très mal

Pourquoi Gaston se sent-il si mal ?

Aujourd'hui, Joséphine, la cousine de Gaston, vient dormir à la maison.
Gaston est heureux.
Il a attendu ce moment toute la semaine.

Maman a une surprise pour Joséphine.
Un magnifique petit avion!

Joséphine est ravie de son cadeau.
Il est drôlement chouette, son petit avion,
se dit Gaston.

Cet après-midi, Joséphine a envie de jouer au train.
Papa s'amuse beaucoup avec elle.

Mais Gaston n'est pas content.
Lui, il voulait jouer au ballon.

Et personne ne fait attention à lui.

Au dîner, le gâteau de Maman est si délicieux
qu'il ne reste plus qu'une part.
Joséphine est l'invitée, Papa la lui offre poliment.

Mais Gaston aussi avait envie de reprendre du gâteau.

Il commence à en avoir marre de passer
après sa cousine.

Après l'histoire du soir, Maman fait aussi un câlin à Joséphine mais Gaston n'a pas envie de partager sa maman. Tout le monde s'occupe sans cesse de Joséphine, et lui alors ? Il doit même lui laisser son lit !

Gaston sait qu'il faut être poli et il aime sa cousine, mais pour le moment, il est vraiment fâché.

Gaston est **jaloux**.

Il a le **cœur lourd**.
Comme s'il avait accumulé des petites chaînes autour de son cœur, qui l'empêchent de ressentir de la joie.

Au lieu de rester avec le cœur lourd, si on le libérait, grâce à un mouvement de respiration?

Toi aussi, quand tu sens de la **jalousie** te submerger, tu peux faire ce mouvement pour te **libérer**.

Mouvement de respiration pour surmonter sa jalousie

1 Gaston ferme les yeux.
Il imagine son cœur entouré de petites chaînes.
Il pose ses mains sur sa poitrine.
Il inspire par le nez en gonflant
le haut de son corps.

2 Gaston continue de respirer à fond.
Il gonfle sa poitrine,
sent ses mains s'éloigner,
et imagine qu'il gonfle son cœur
pour casser les petites chaînes.

3 Gaston souffle doucement
par la bouche,
ses mains se rapprochent.
Il souffle ses petits bouts
de chaînes cassées.

Gaston fait ce mouvement **3 fois**.

Il faut bien 3 respirations
pour souffler les derniers petits maillons de chaînes!

Puis Gaston reprend une respiration calme.
Maintenant qu'il a libéré son cœur,
il est rempli de joie et le soleil est revenu dans sa tête.

Gaston se sent beaucoup mieux, plus léger.
Il n'est plus du tout fâché contre Joséphine.
Il a retrouvé sa bonne humeur
et ses couleurs arc-en-ciel.

Si toi aussi,
tu as libéré ton petit cœur,
tu te sens **soulagé**, **heureux**.

Et ton **sourire** va pouvoir revenir !

Retrouve toutes les aventures de Gaston la licorne

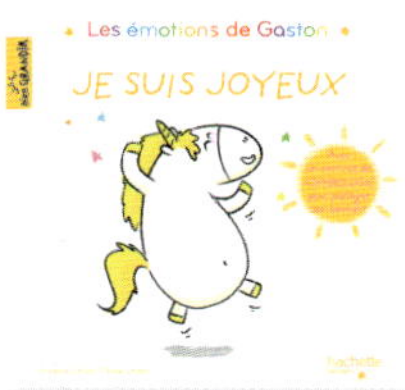

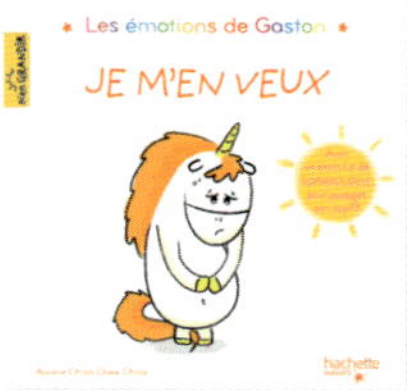

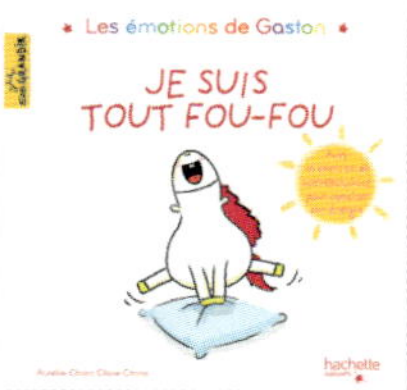

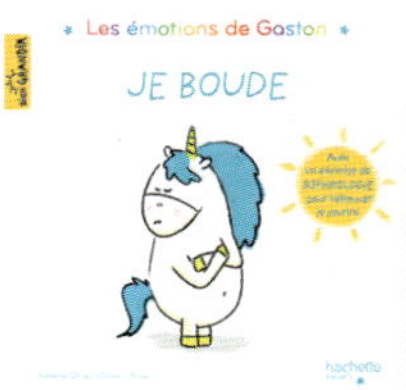

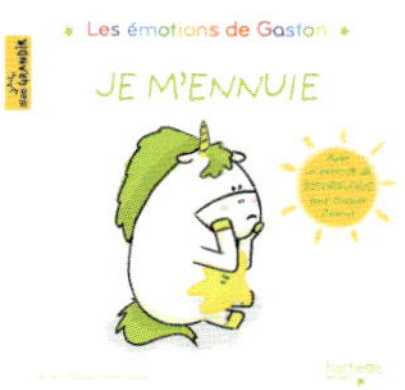

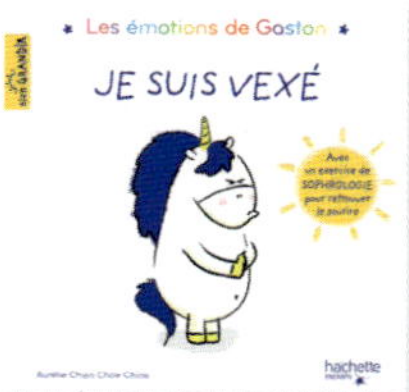

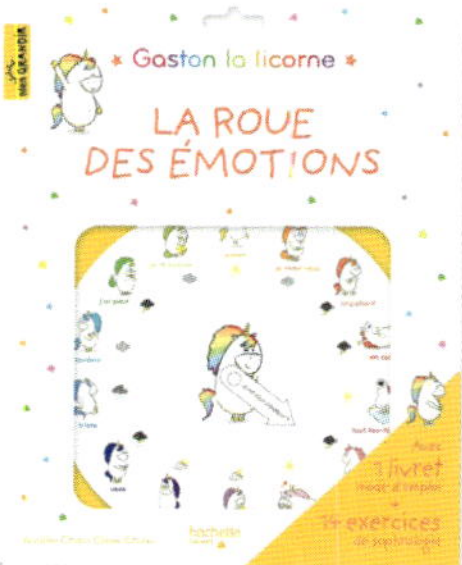